부드러운 과녁에 꽂힌 화살은 떨지 않는다

부 드 러 운 과 녁 에 꽂 힌 화 살 은 떨 지 않 는 다

허 심

문 철 수 시 집

청동거울

1부

1부

굳은 과녁에 꽂힌 화살의 깃이

수정하는 연어의 꼬리지느러미처럼

파르르 떠는 이유는

굳은 가슴을 열기 위한

벗은 나의 오르가즘과 다르지 않다

(부드러운 과녁에 꽂힌 화살은 떨지 않는다)

감기

조제가 끝나지 않은
삶을 움켜잡고
누런 콧물 같은 억지를
풀어내고 있다
위안과 자위 사이에서
현재를
볶고 있다

화살 1

굳은 과녁에 꽂힌 화살의 깃이
수정하는 연어의 꼬리지느러미처럼
파르르 떠는 이유는
굳은 가슴을 열기 위한
벗은 나의 오르가즘과 다르지 않다

부드러운 과녁에 꽂힌 화살은 떨지 않는다

가두지 마라

우리에 갇힌 호랑이가 기회를 노리 듯
갇힌 가슴도 발톱을 세우고 때를 기다린다
풀어 둔 것은 돌아오기 마련이지만
소유하기 위해 담아 둔 것은 넘치기나
나갈 일만 남았지 않은가
소유의 끝은 부패거나 상처일 뿐
지금 잠시 아파도 가두지 마라

못

비어 있다
오창 시골 살림 집
낡은 짐 몇 점 미련하게 자리 지키고
바퀴벌레 말라 바람에 뒹군다

문설주 한켠 모서리 둥글고
지친 것들 다 누웠는데
척추 휜 녹슨 못 하나
뒷집 할미 꺾인 허리로 생을 버티듯
누구도 돌아보지 않는 가화만사성
매달고 있다

태어날 땐 견고한 삶
항상 어미의 몫인 양 팽개쳐 두던
걸어두면 절로 되는 부적 같은 효험
사람이 떠나간 자리
대신하고 있다

아버지의 이력서

눈물은
갈라진 천정에 꽂혀
화석이 되었다

눈물은 결코 따뜻하지 않다

손톱깎이를 가지고 다니는 남자

주머니에 손을 찌르면
묵직한 쇠뭉치 하나 손에 걸린다

객지 벗 하나 둘 늘고
마음의 주름 서넛 더 늘면
눈 감고 손만 내밀어도
다듬어 질 줄 알았는데

어떤 하루는
손끝에 걸리는 손톱깎이로
손톱 밑 묵은 기억을 도려낸다

굴참나무 이야기

뙤약볕에서는 몰랐네
왜 나무들이 그리도 무성한 잎 달고 있는지
서로 잎을 부대끼며 낮부터 밤까지 서걱대는지
알지 못했네
봄부터 가을까지 그렇게 싱싱하게
온산을 그림자로 덮어주던 나무들 사이
겨울이 되면서 외투를 벗은 알몸으로 섰네
서로에게 빛 더 주기 위해 스스로 벗었겠지 라는 생각이
왜 이제야 들었을까
겨울 산 오르며 가지사이로
찢어져 들어오는 아픈 햇살에 쏘이고서야
나무보다도 어리석다는 것 알았네

형

새벽 두시 점멸등도 외면한 보도 위
꺾어진 어깨 들쳐 메고 뛰는 그림자가
어둠속에서 게워내는
새보다 자유로운 아우성 쫓는다

세월마저 돌아선 충혈 된 단풍의 손짓은
단지 외풍에 스러진 눈물 아닌지
가슴으로 찍은 도로 위 무심한 바퀴자국
남은 자들의 약속위에 내려앉는 겨울이 섧다

빵

더 이상
힘들게 하지 말 일이다
사랑한다는 이유로 쓰리게 한다면
이미 사랑이 아닌지
돌이켜 볼 일이다
어쩌면 그 완전 범죄
구속의 사유는 될 수 없지만
이별의 핑계는 되지 않을까
사랑도 기술이다
정성껏 반죽해야
맛있는 빵을 만들 수 있듯

그저 주어지는 사랑은 없다

거품

체증처럼 얹혀 명치를 누르고 있다
더는 소화시킬 의욕도 없다 이만 배설하여야 한다
뒤틀려도 품어왔던 억지 쏟아져 내리는 소화되지 않는 누런
터져버리면 그뿐인 허상
시간 안에 남아있는 것은 유충의 껍데기
남은 설움 물어뜯으며 아파한다
꿈은 타인을 향한 창이고 세상을 향한 벽이다

화살 2

떠난 화살을 부러워마라
혀보다 날카로운 촉을 세우고
적의 심장을 향하여 자유롭게 날지만
그가 할 일은 결코 기쁜 일이 아니다
단지 우리가 바라는 것은
허공을 달리는 순간 일 뿐

아내

기억 한 켠 등기 낸 듯 자리 잡고 있는
수많은 이름을 세탁기에 돌린다

씻겨나간 기억들과 널린 옷가지들 사이
웅크려 자리 잡은 다소곳한 속곳 하나

불꽃놀이
- 고행숙 시인을 추모하며 -

하루의 끝자락인 양
마른 잎처럼 매달려
오랜 겨울 보내더니

세상을 향해
혈관으로 쏘아 올린
마지막 숨

이 핏빛 세상
다시는 오지 마라
꿈으로라도 기억하지 마라

굴뚝

하루 한번
해 떨어질 때쯤이면
한 대 태울 시간이다

필터도 없는 거친
허공을 빨며
쿨럭일 때 마다
낡은 장판 헤진 틈으로
한숨이 새고
집나간 딸 몸속
사내 같은 꿈
연기는 하늘로 흩어질 때
낡은 철사에 의지한 서까래 끝
겨우 지키는 자존심
성형 같은 군불
더 할 수 없는 허전한
저녁이다

들녘에 서니

가을 들녘에 서니
누룽지가 생각난다

여름 내 뜨겁게 달궈
누렇게 익혀 낸 들판
K.S 마크 선명한 콤바인
가장자리부터 안쪽으로 베어 갈 때
양은 냄비에 까맣게 눌러앉은 오늘
U.S.A가 선명한 군용 숟가락으로
가장자리부터 조심스레 긁어내시던

들녘에 서니
가슴속에서 긁어내야 할
딱정이가 만져진다

2부

오늘은 종일

비가 내립니다

빗방울 하나하나가

자기 몫으로 떨어져

내를 이뤄가고 있습니다

바둑

흰 돌 몇 개 이어놓고
집이란다
공간 몇 개 만들고서
집이란다
한쪽 담 없어도
집이란다
지붕이 없어도
집이란다
너와 나 달랑 둘
들어가 설 자리 있으면
집이란다
살 수 있는
집이란다
곧 철거되겠지만
집이란다

하늘을 가리고
사방 벽 세우고
굳이 문까지 만드는 건
사람뿐이란다

당신에게

오늘은 종일
비가 내립니다
빗방울 하나하나가
자기 몫으로 떨어져
내를 이뤄가고 있습니다

銘

스스로 익어 떨어진 열매는 달고
분에 겨워 넘어지는 사람은 떫다

소통불가

눈물 속 염기 전염병인가
갈라진 틈으로 스며든다
혈관마다 벌겋다

닫힌 문 왜 닫았느냐 묻지 마라
그 안 바람에 날려
안개처럼 사라질 것 두려워함이니

잠근 문 왜 잠갔느냐 따지지 마라
너의 두드림 아니더라도
열기보다 익숙지 않더냐

삼각지 육교 위 찬바람 맵고
멀어져 가는 열차 설워할 뿐
겨울이 추운 건 사람이 떠나가기 때문이지

체위

어떡하든 살면서 등 돌리지 않을 일이다
풀어헤쳐 보여준 시린 계절 어찌 하려느냐

동물은 삽입을 위하여 같은 곳을 보고
이내 등 돌리고 힘겨워하지만

문턱 넘은, 뜨거운 가슴이 그리운 이에겐
마땅히 마주하여야 하지 않겠느냐

우물에 대한 기억

밤 아홉시 삼십분 일터를 나와 인사동을 걷는다
가장의 낡은 족적 같은 가족 여린 어깨에 지고
우물은 퍼내지 않으면 마른다고 늘 말씀하셨다

참 신기하더라. 말씀을 잇지 못하시던 어머니
인적처럼 두레박 줄 삭아 끊어지고 천정 갈라져
내려앉은 집 뒤로하고 이끌려 도착한 외삼촌 댁

철문처럼 닫힌 세상

뒷간

바람의 출입구 사이로 보았던 옆집 누이를 떠올리며
동정의 끄나풀을 과감하게 놓아버린 곳

늙은 노모의 허리 지나 다다른 근심
도시의 기름진 생수 마시다
추석이면 돌아와 미끈한 방구 꿔대다
보란 듯 아직도 우리 집 화장실을 쓰는 옆집 누이
수천마리 파리 떼와 맨몸 부대끼는 구더기들과
속을 드러내 놓고 살아가는 자본주의 훈련이 반복되었었지

지붕 위 페인트 덧칠 벗겨지고 벌어진 틈새로 빗물 스미듯
그렇게 들어와 자리 잡은 미늘 같은 세월이
물기마른 똥으로 수천의 구더기 고려장 치르고 있다

무너져 내린 거미줄에 매달려 날개 부서진 말벌 그네를 타고
문틈 사이로 들어오는 달빛에 오줌줄기 흔들던 그때
누이는 세상만 낡게 하는 것이 아니라
마음까지도 주름지게 했다

소나무 이야기

그때 내가 할 수 있었던 건 세상을 향한 날 선 오기로 살갗을 뚫고 나가는 것이었을 뿐 우리는 그렇게 작은 틈바구니에서 서로 나가려 싸웠고 힘들었지만 아주 풍성한 여름을 지낼 수 있었지 너무 많아 누렇게 죽어가는 녀석들도 있었지만 그건 그의 삶일 뿐 나는 더 뾰족한 팔을 더 길게 뻗어 한줌의 햇빛이라도 더 가지려 했었지 아니 오늘만이 아니라 살아있는 우리들 모두는 미소 짓는 척 그랬던 거야 언제나 그저 푸르고 행복하게 살 수 있다는 생각이 잘못임을 깨달은 것은 그해 겨울 찬바람이 물먹은 눈구름을 가져다주고 나서야 삶의 무게에 허리를 꺾이고 나서야 하늘을 향해 뻗어있던 나의 오만은 땅을 향했고 근근이 아직 힘들게 붙어있는 껍질 아래로 링거수액 같이 전해지는 물방울로 연명하고 있어 이미 부러진 허리는 펼 수가 없어 아마도 버섯과 벌레들의 잠자리나 되겠지

도끼

풀무 불에서
홍조 띤 너의 온몸은
한갓 엿가락이었다
더 큰 노여움이 아닌 것이
네게는 행운이었지
섞이지 않아도
살아 날 수 있는 길
대장장이의 집게가
너를 골랐다
망치로 온몸을 내리치는 건
너를 너답게 하기 위해서라고,
네 살 속을 파고들어 뼈를 부수는
아픔을 딛고서야
후일(後日)
너로 인하여
너의 욕망으로 인하여
갈라지고 부숴 질
아픔들을 다만
이해할 수 있게 하기 위해서라고,
네가 가른 것들의 향기로
잔뜩 배어있는
너

나는 너에게 부끄러운
사랑을 내어 놓는다

여보게

가슴문 연다는 것이 얼마나 어려운 줄 아는가
비바람 각오하고 열어둔다는 것
아직 한번 빗장 푼 적 없는 녹슨 가슴
문을 잠그면 도둑이 들어오고
문을 열어두면 손님이 들어온다고
가진 것 없어 잃을 것 없다지만 여린 살 속 파고드는
칼날의 고통은 그저 당 할 몫이라던가
차라리 낯선 그림자 스치울 때 마다 예민하게 움찔하는
자동문처럼
그냥 닫아두면 안되겠나 들여다 볼 수 있게 열어둔다는 것
벗어버리는 것 보다 어쩜 이리도 힘들단 말인가
오늘도 열지 못하고 하루가 가네

바다

신음을 뱉어 낸다

잿빛 하늘을 이고 앉아
갯바위에 머리를 짓찧으며
오늘이 멀미 하고 있다

대지 위 모든 배설물이
끝없이 흘러들어도
중용을 유지하려
시간의 고름을 짜내고 있다

현실

누군가 내리고 탔다
내려야 볼 수 있는
택시 같은 여자 내가
살아온 날 만큼 밤마다
기겁해 온 뒷물도 없이
기어나가는 첫사랑

봉숭아

붉은 허리 꺾어
여문 열매 받으려
장독대에 뉘였거든

지난 며칠
비
온몸으로 받아내더니
그새 성급한 싹 틔웠네

죽음만이 삶을 잉태한다
눈물 몇 점 동냥하곤
살아서 슬픈 것들을
추모한다

空

너는 나의 가슴에 사랑을 사정하지만
나는 너의 육체에 정액을 쏟아낸다

나는 너의 그것을 집착이라 말하고
너는 나의 그것을 사랑이라 말한다

단지 서로 다른 것을
습관적으로 배설하는 일일 뿐

추억

다시 포장 된 과거일 뿐
기쁨 또는 슬픔은
단지 그것을
실어 나르는 수단일 뿐

순리

깨끗한

물에

사는

물고기는

내장이

짧다

숫돌

무딘 세월을 문질러라
영혼의 타액을 묻혀가며
온몸을 맡겨라

살점 깎여나가는 아픔
잿빛 피 흘리는 고통쯤이야
익히 받아 들여야 하리니

서늘한 날카로움
손끝으로 전해 질 때까지
불감의 세월만큼 왕복하라

사치

버린다 함은 버릴 수 있다 함은 가져도 가능한 일은 아
닌데 소유했다는 것은 버릴 권리를 가졌다는 것인데
진정 가지고 있는 것이 있는가 착각하지 마라 가지는
것도 마음처럼 될 수 없지만 진정 버리는 것은 내가 할
수 있는 일이 아니다
내가 할 수 있는 일이 아니기에 고통스러운 것이다 내
가 버리지 않아도 언젠가 자연스럽게 곁을 떠나 갈 것
들 그것은 가진 것이 아니다 가둔 것이다 가지기 위한
땀보다 버리기 위한 고통이 큰 법 흐르도록 그냥 두어
라 버리는 고통이 눈 녹 듯 사라지고 비로소 세상이 가
슴에 들 터이니

정석

전날
밤
황홀한 섹스를 경험한
여자는
작업되지
않는다

가슴하나

45

한기로 외투를 삼더라도
가슴은 뜨겁게 남겨야 하리
밤을 밝히는 금목서 향처럼
너를 기다리는 뜨거운 눈길 한 점
이 밤, 그리운 사람하나 담을
가슴은 뜨겁게 가져야 하리

물

저년 좀 봐요
몸에 밴 순종의 예 갖춰
각진 놈이던 둥근 놈이던
굳은 놈이던 부드러운 놈이던
작은놈이던 큰놈이던
영혼까지 적실 듯 스며들어 그대로
끝내 하나가 되는
저년 좀 봐요
몸에 밴 유연함으로
굽은 길이던 곧은 길이던
낭떠러지던 평지던
산이던 강이던
세상이 원하는 모습으로 자신을 바꿔가며
끝내 하나가 되는
저

비

하늘은 여전히 잿빛 양잿물 같은 눈물을 떨군다 창을
열지만 커튼을 거두지 못하는 말로만 하는 사랑을 나
무라는가 돌아서 진실을 씹는 비겁함을 깨우려는가

여행

48

오늘도 낯선 여관 수음을 하듯 하루를 닦으려 들어선
차가운 세상에서 국수가락처럼 말려 떨어지는 아픔이
부식된 배수로를 막아 설 때 쯤 거울 속으로 사라지는
이방인 하나 수용당하지 못하는 설움이 汽化되는 밤
포르노 테잎의 억지 오르가즘

연어

돌아 갈 수 없는
자궁보다 너를 키워낸
물길에 익숙하여
죽음으로 제 몸을 보시한
어미를 잊은 너를
누구도 탓하지 않는 건
너 또한 본능에 의지하여
그럴
물고기이기 때문이다

인연

언젠가 박힌 못이
세월이 지나면서 녹이 났겠지
붉은 정액으로 흐른다
뽑아내려 해도 뽑아내려 해도
대가리만 부러질 듯
가슴을 떠나려 하지 않는다

弄

51

한잔 술에 동행시키기 위하여 이미 죽어버린 너를
토막 내고 씹어야 하는 아픔을 돼지야 너는 모르지
나도 너처럼 찢어져서라도 세상 속으로 동행코져 한다

물안개

승천을 꿈꾸는 놈의 입김일거야
언젠가 의식 있는 날부터
하루도 거르지 않고 꿈꿔 온
놈의 기화된 정열일거야
스멀스멀 호수를 밟고
날아올라 세상을 굽어보려는 놈의

3부

바람에 앉았다

미처 닦아내지 못한

멍든 별의

가슴팍 눈물이다

弔問

삼베옷에 나무 베개를 베고 오동나무 이불을 덮고
눈물도 듣지 못하는 벽을 향해 멀리서 슬픔을 흘린다
조명보다 더 밝은 눈동자들이 초병처럼 지키고 서서
숨소리와 가슴 속 울부짖음마저도 막고 있지만
길이 아닌 길을 걷고 걸어
애써 들어 줄 이 없는 눈물을 억제 못하는 건
타들어 가는 묵은 불씨가 남아 있기 때문이다

시간의 그림자에 막혀

솜털 벗은 갈대밭 사이
예당지 맑은 물이
서해로 긴 여정 떠나보지만
이미 하늘은 수채화 같은 노을
시간의 그림자에 막혔다
나무 등걸에서 빠져나와
호수가 바다인가 했던 어리석음을 돌이켜
녹슨 철문 관리인의 호의에 내던진 몸이
얼어붙었다

양지 녘 햇살 드는 모퉁이
냉이의 새근거리는 숨소리
작은 비오리 한 쌍
틈틈이 녹은 여울사이로 자맥질 분주할 때
귀를 열면 겨울잠 들어갔던 개구리 깨운
얼어붙은 몸 한쪽
염불 같은 落水소리

너도 단풍드냐

너도 단풍드냐
이렇게 물으면 자존심 상하겠지만
가끔 묻고 싶었다

그저 다들 잡초라 불러도
침묵으로 지켜내던 맨바닥
혼자서는 아득했는지

모진 발길질 다 견디더니
겨울바람 찬 빛에 청춘의 색을 던졌구나
단풍 들었구나

개망초, 본 적 있느냐

한번이라도 가까이
보려한 적 있느냐
멀리서 보면 흡사
안개꽃 같고 메밀꽃 같다
들여다보라
천민의 핏줄로 태어나
민초의 모습으로 거리를 덮고
성결한 가슴엔 노란
저항의 리본을 달고
진실을 외치는

꽃

목련

겨우내 싸맸던
소음순 같은 꽃잎

발기한 봄볕에 벙그더니
스치운 자국
검게 남긴 채

결국엔
하혈처럼 버려지네

시골길

황태처럼 꼬들꼬들한 억새
새벽 달빛에 놀라 깨었나
그저 지나는 바람에도 서걱

나그네 말동무라도 해주려는데
억새신음에 놀라 흠칫
시멘트 내음에 익은 도시중독

상사화

행여나 남이 볼까
뽀얀 속살 부끄러워

연두빛 굵은 꽃대
화살처럼 세우더니

밤사이 꽃잎 피워
그리움만 노래했네

은행연가

나,
꽃인 줄도 몰랐지요
향기도 없어
벌 구경 한번 한적 없거든요
이십년 수절한 어느 봄날
바람의 중매로
선 본적도 없이
이슬 덮고 동침한 후에
불러오는 나를 보고서야
비로소 내가 꽃이었고
살아있다는 것을 알았으며
비로소 누군가를 사랑 할
기다림을 배웠죠

새롭게 태어나기 위해
오늘
곤두박질해요
바람에 몸을 맡기고
가슴속에 꿈을 채워 날리면
떨어져도 아프지 않을 거예요

도라지꽃

바람에 앉았다
미처 닦아내지 못한
멍든 별의
가슴팍 눈물이다

조팝나무 꽃

산기슭
소리 없이 가지 늘인
시름 잊을 미소

눈길한번 받지 못하면서
백옥의 싱그런 향기
쪽 바람에 띄워

낫처럼 휘도는 집 다다라
반기는 너의 미소
도시처녀의 덧칠한 입술보다
감미롭다

바람을 핑계로

잎들은 바람을 핑계로
벌겋게 멍든 몸뚱이를 비벼대며
먼저 몸을 던진 친구들을
서러워 한다

바람은
지난 여름 설움을 아는지
작은 암자 마당 스러져간
낙엽들을 빨갛게 쓸어간다

바람을 핑계로
나도 눈물을 닦는다

예감

65

無音의 안개가 오고 있다
그때
우리
사랑처럼

미호천 무밭

이미 누군가 드러누웠다 떠난 자리
수음하듯 흙속에서 혼자 키워오던 탱탱한 꿈
끝내 숨기지 못해 삐죽 고개 들며
하얀 꿈 세상 밖으로 펼치던 날
산발한 푸른 머리채를 잡아 올리는 집행인
발기한 태양과 끈적한 비바람 견디며
이젠 농염한 달빛의 여관이 된 빈 들판
너구리의 나들이와 솔개의 사냥터
꿈을 뽑아낸 자리 설치류의 무덤
수두 같은 자국들 한겨울 시집살이로 메워질 터

안면도 紅松

새들의 울음
갯바위에 부딪는 짠물의 고함도
자동차의 경적
사람의 아우성도
그늘에 묻힌다

멀리서 보면 구름 같고
다가서면 어머니 같은
곧으면서 휘어지고
가득하면서 여유로운
품

숲

어두워지면 눈을 밝히는 야생의 너구리처럼 밤이면 더
분주해 지는 우리는 어둡고 습한 갈증에 익숙해 있어
서일까 이 밤도 지칠 줄 모른다

潛

칠년 전 수첩 속에서
낯익은 이름 하나 일어선다
그땐 잊을 수 없을 듯 했던
그러나 지금은 낯 설은
수첩에 다시 누인다
망각은 왜 이리도 편한 것인지

공원

너는 지금 비켜간다고 생각하지
적어도 나는 아니라고
여기 계획하고 온 이 하나도 없다고
공짜 지하철 이용권 같은
이승을 뜨기 전
한번쯤 들를법한
정거장으로 안내했을 뿐이라고
여기, 시간의 그늘이 모이는 종묘

閉

일어나 밤새 닫긴 창문을 연다
가슴을 스치는 찬바람 고인 찌꺼기들 거둬낸다
잊었었다 그동안 닫힌 가슴을 열어야 함을

사진기

제가 무슨 짓 한지나 아냐며
소리 감정 온기도 없는
그때 일들 떠넘기며
기억을 꺼내오려 한다
후끈했던 지난 시간
인화하려 한다
말 한마디로 원인과
결과까지 꼬집어
지난 시간의 족적
밝혀내려 한다
압축된 망각의 시간
풀어내려 한다

선운사 동백림

내놓은
겨울 빨래 같은 삶이
갈증 나게 메마른 사랑
음울하게 노래할 때
보았네
싸늘한 겨울
선지 같은 동백꽃 무덤
마지막 쓰라린 개화
쓰러져도 붉은

서리꽃

문을 나서니
풀잎마다 가지마다
하얗더이다

말라붙은 시간의 등가죽
근심으로 탈색된 현실이
온통 하얗더이다

허공을 돌다
산허리 가로질러
낮은 언덕에 수의 입히는

안개는 봄으로 가는
문턱이었나 보더이다

배롱나무

한해의 풍상 견디고
노동의 품팔이로 갈라진
가슴 껍질 벗은 것
본 적 있느냐
고통의 흔적 모두 감싸 안고
치마 흘러 내리 듯 껍질을 벗는
배롱나무를 본 적 있는가 너는
세상을 수긍하며 살아 온 그리하여
결국엔 윤기 나는 몸을
가질 수 밖에 없는
배롱나무를 너는, 본 적 있느냐

하긴 네가 보았을 때는
너의 눈길을 이해하는
완숙한 자태

동네 풍경

입구에 들어서면 벌써
붉은 조명이 낯을 겨누고
숨어들 듯 헤쳐진 자궁 문을 지나고 나면
아직 어스름에 안개 같은 시멘트 먼지
고추밭 끼고 앉아
옆집 철수아배 속처럼 타오르는
명분뿐인 재활공장
언덕지나 창자처럼 꼬인 길을
미쳐 달리다 보면 거긴 '구원의 집'
세상 관심 없는 계란꽃은 길을 막고
건너 마을 오리장에선 무너지는
가랑이 사이로 분뇨를 흘리고
쪽대질로 세월 잡던 아해들의
웃음도 푹푹 썩고
멈춰선 시간마저 비웃는 듯
똥물에 흔들리는 외등
보지 않아도 될 것들 밤새 비춘다

동거

허리를 붙든 수레는 겨우
디디고 선 땅이 놔 주고서야
멈출까
마른 풀들에게
젖이라도 물릴 듯
흐르는 냇물도 수레의 고픔은
막지 못해 수레는
할머니의 허리를 파고
뼈만 갉아먹고 있지

4부

햇살에 지친 능소화도

제 아름다움을 바람에 맡기고

붉은 꽃잎

많이도 토해 놓았다

흙은 그 아름다움을 삼키고 이듬해 네게 다시

삶을 주겠지

해무

어쩌다 햇살이 대지에 닿고
저물녘 태양은 붉게 익어가
혹, 바다에 수채화 한 폭 남겼을까
서쪽으로 서쪽으로 달려 봤거늘
병풍처럼 막아선 또 다른 적이 있다.
파도마저 깔고 앉아 해풍으로도 쓸리지 않는

한숨 1

거울에 비친 날 선 주름하나
부르조아 형상에 프로레타리아 계급장
정암사 계곡을 지키는 이끼 먹은 바위들
물보라를 미소처럼 날린다
구름은 내리다 지쳐 하늘에 숨는데
내 그림자인 양
바람은 불다 지쳐도 갈 곳이 없네

한숨 2

열린 창으로 바람이 드나들고 가끔 고양이 눈을 뜬 달
빛 살을 훔치다 달아날 뿐 유언 같은 매미의 노래와 장
송곡 같은 개구리 울음을 빼고 나면 밤은 없다

생밤 까는 사람에게

아직 여물지 않아
옷 벗을 준비도 전에
유충처럼 속살을 파고
가슴 한 켠 자리한 채
나를 먹어가던
이 사람아
커가며 아문 상처
옷 찢고 속 벗기면
네가 먹다 남은 검어버린 가슴
안아줄 수 있겠나
삼켜줄 수 있겠나

마음을 흔드는 누군가 있습니다

이렇게 비가 오는 날엔
마음을 흔드는 누군가 있습니다.
맺히는 물방울들을 떨구려
얕은 바람에도 못이기는 척
흔드는 누군가 있습니다.
꽃잎이 질 때마다
마음 한쪽 떼 내어 동반자 되 주던
지금쯤은 아예 텅 비었을
허공을 흔드는 누군가 있습니다.

병연유감

사람들은 길을 놓았네
돌탑 두개 무덤 하나 그것으론 볼거리가 안됐는지 쌓
고 세운 들 들꽃 한포기에 비하겠는가 살과 뼈가 흙이
되고 흙은 잡초로 되살아나 어수선해진 계곡으로 불어
오는 바람에 고개만 흔든다

장미를 기다리며

어쩌면 나는 지금 늦가을 갈대밭처럼 불을 기다리는지
너는 단지 불씨이면 된다 타오르는 건 나
붉게 타올라 까맣게 엎어져도 그건 나의 몫

여름

햇살에 지친 능소화도
제 아름다움을 바람에 맡기고
붉은 꽃잎
많이도 토해 놓았다
흙은 그 아름다움을 삼키고 이듬해 네게 다시
삶을 주겠지

계절

술로 세월을 깁는다
그저 내게로 오기에
피하지 않았던
세월의 잔영

한 개피 담배 연기 뒤로
숨어 본다
세월이 나를 피해가지 않으니
혹 숨겨질까

썩어 부러져도 미소 짓는
자연은 무엇을 가르치려는지
더디게 오는 님의
저 숨죽인 걸음

첫눈 유감

무거운 하루
끌다 지친 구름
눈발을 날린다
받아먹으려 애쓰지만
바람은 허기를 보챌 뿐
땅에 떨어져 밟힐지라도
몫은 없다
가진 꿈은 가슴에 무게를 더하고
내리는 눈은 신발에 무게를 더한다
어찌하여 햇살 빼앗겨도
여직 푸른 잎으로 살아있는지
숨 쉬고 있다는 것
뜨겁다는 것 인 줄 알던 시절을 장사지내고
그저 도로에 몸을 맡긴다

지리산

이고 있는 것
백발이 아니라
세월이구나

그저 지나치며 보지만
빨치산의 피와
거센 물살을 가슴에 품고
지나는 나에게
탈색된 세월을 푸념한다

시린 바람에 얼어버린
근심을 보게 되는 건
왤까

소고

그대의 생각이
뿌리내리지 않고 물처럼
아래로만 흐르지 않으며 불처럼
타오르지만은 않기를

육체를 벗고
진정 자유스럽기를

그릇

92

누군가의 소용에 따라
알맞게 사용되는 이유는
안
비웠기 때문이다

채워진 그릇은
손에 닿지 않는다

위선

당신의 화장술 보다
검은 봄 위로 하얀 겨울이 아름답다

십수 년을 두드려도 가리지 못했건 만
구름은 잿빛을 탈색시키고
새벽 내 천사의 나라를 만들었네

한 낮 태양에도 견디지 못 할

시를 쓰다

고목에 파편처럼 박힌 옹이
사투 끝 짜내지 못한 고름

네가 토한 삶의 비늘들은
살을 가르고 꺼낸 네 골수

가슴 속에서도 머물지 못하는
하얀 거즈에 배어드는
금빛
사투의 흔적

새벽녘 몸부림 끝 구겨진
발기하지 못하는 원고지더미

피(血)

95

나무는
상처를
열매에 남기지 않는다

다만
자신의
본질을 묻어 둘 뿐

아픔과 아름다움의 변증법

황 정 산
문학평론가, 대전대교수

문철수 시인은 유쾌한 사람이다. 그가 있는 자리는 항상 즐겁다. 그가 있는 술자리는 흥겨움으로 들떠있고 그가 진행하는 모임은 언제나 열기로 가득하다. 사람들에게 에너지와 활력과 기쁨을 주는 능력을 문철수 시인은 가지고 있다.

언젠가는 이런 일이 있었다. 문철수 시인을 비롯한 몇몇 시인들과 함께 한 차를 이용하여 다른 만남의 장소로 옮겨가던 적이 있었다. 길은 생각보다 멀어서 캄캄한 산길을 한참을 가야만 했다. 그런데 가는 중에 연료가 떨어졌다는 경고등이 켜졌다. 같이 탔던 차는 LPG자동차였는데 근처에 충전소는 없었다. 가도가도 목적지는 나오지 않고 함께 차에 탄 사람들은 모두 불안에 떨어야 했다. 그런데 문철수 시인은 바로 이 상황을 아주 재미있는 놀이터로 만들어주었다. 이런 경우에 나올 수 있는 모든 사건들을 농담으로 만들고 함께 한 사람들의 상상력을 일깨우는 대화를 이끌어 모두 즐겁게 그 시간을 보낼 수 있었다. 그러는 중에 차는 무사히 목적지에 도착하고 근처에 자리잡은 충전소에서 가스까지 주입할 수가 있었다.

문철수 시인은 바로 이런 사람이다. 희망과 활기와 경쾌함을 주변에 선사할 줄 아는 사람이다. 하지만 결코 가볍지 않다. 문 시인의 경쾌함이 경박함에서 오는 것이 아니라 인생의 고통을 이해하고 그것을 감내

하고자 하는 긍정적 정신의 힘에서부터 나온 것이기 때문이다.

문철수 시인의 시들이 이런 정신의 힘에 대한 증거 자료들이다. 이 시집의 시들은 바로 고통을 넘어 긍정의 정신을 찾아가는 고투 과정에 대한 기록이라 할 수 있다. 유쾌한 문철수 시인의 시들이 고통으로 점철되어 있다는 것은 아이러니한 일이긴 하지만 이러한 고투 과정을 추적해 볼 때 당연한 일이다. 고통을 이해하고 넘어서지 못하는 자가 어찌 유쾌함을 터득할 수 있겠는가?

1. 고통의 편재

너무도 상투적인 말이지만 우리의 삶은 고통으로 점철되어 있다. 인간인 이상 욕망의 그물에서 벗어날 수 없고 그 채울 수 없는 욕망이 고통을 만들기 때문이다. 문철수 시인의 시들은 바로 이 고통의 인식으로부터 시작한다.

비어 있다
오창 시골 살림 집
낡은 짐 몇 점 미련하게 자리 지키고
바퀴벌레 말라 바람에 뒹군다

문설주 한켠 모서리 둥글고
지친 것들 다 누었는데
척추 휜 녹슨 못 하나
뒷집 할미 꺾인 허리로 생을 버티듯
누구도 돌아보지 않는 가화만사성
매달고 있다

태어날 땐 견고한 삶
항상 어미의 몫인 양 팽개쳐 두던
걸어두면 절로 되는 부적 같은 효험
사람이 떠나간 자리
대신하고 있다
- 〈못〉 전문

    이 시는 살아 있는 모든 것들에게 미리 던져주는 조사이다. 사는 것은 고통을 버티는 것이다. '못'은 이런 삶의 흔적이고 증거이고 또 삶을 영위하는 존재 자체이기도 하다. 못이 힘겹게 매달고 있는 것은 '가화만사성'이다. 화목한 가정을 이루고 세상의 많은 일들을 이룬다는 것은 고래로 많은 사람들이 꿈꾸는 행복의 가장 확실한 모습이다. 하지만 그것을 얻은 사람은 과연 몇이나 될까? 사람들은 반대로 화목한 가정을 꾸리기 위해 고통을 받고 만사를 이루기 위해 결국 지쳐 눕는다. 녹슨 못이 되어 힘겹게 꿈과 소망을 놓지 않고 '부적 같은 효험'이라도 있는 것처럼 껴안고 살고 있다. 그래야 등을 굽게 하는 고통을 감내할 수 있기 때문이다.

    이렇게 문철수 시인의 시들은 삶의 고통을 정직하게 바라보는 것으로 시작한다. 고통을 정직하게 바라본다는 것은 더욱 고통스러운 일이다. 그것을 이겨낼 맷집을 가질 때만 우리는 고통을 이해하게 된다. 고통을 피하면 결코 고통을 겪지 못하기 때문이다. 겪지 않고 고통을 얘기하는 것은 세 살배기가 인생론을 쓰는 것과 다를 바 없는 일이다.

    이런 고통의 기록으로서의 삶의 모습을 다음 시는 아주 짧게 그렇지만 그 어떤 시구보다도 강렬하게 우리의 가슴에 새겨주고 있다.

눈물은
갈라진 천정에 꽂혀
화석이 되었다

눈물은 결코 따뜻하지 않다
- 〈아버지의 이력서〉 전문

　　아버지의 이력서는 이 땅을 살아가는 모든 가장들의 삶의 기록이다. 그것은 한 마디로 눈물의 화석이다. 그런데 그것이 왜 갈라진 천정에 꽂혀 있을까? 갈라진 천정은 삶의 균열을 의미한다. 그것은 가족 간의 불화이기도 하고 희망과의 단절과 격차이기도 할 것이다. 당연히 거기에는 고통과 슬픔의 표시인 눈물이 끼어들어 있을 것이다. 하지만 그것이 왜 하필 천정에 있는 것일까? 천정은 높은 곳이다. 집안의 모든 삶을 조망할 수 있는 곳이 천정이다. 하지만 우리는 그 천정을 의식하지 못하고 살고 있다. 우리는 벽과 바닥과 온갖 가구들에 눈을 주고 살고 있다. 우리의 삶이 그런 일상의 번잡함에 눈을 뗄 수 없게 만들기 때문이다. 엄연히 존재하고 우리 머리 위에서 우리의 삶을 굽어보고 있는 천정의 존재를 우리는 일상적으로는 의식하지 못한다. 그런데 그 천정을 바라볼 때가 있다. 누워있을 때이다. 하지만 일상적으로 누워 잠을 잘 때는 역시 천정을 보지 못한다. 불을 끄고 눈을 감고 있기 때문이다. 병들어 눕거나 너무 힘이 들어 지쳐 쓰러져 누울 때 우리는 천정을 바라본다. 때문에 천정을 바라본다는 것은 이미 삶의 고통을 경험했다는 것을 의미한다. 천정에 눈물이 꽂혀 있는 것은 바로 이런 심리적 과정을 추적해 보면 이해할 수 있다.
　　그런데 왜 눈물이 따뜻하지 않을까? 흔히 관용적으로 "뜨거운 눈물"이라는 말을 사용한다. 눈물은 어떤 격렬한 격정의 산물이다. 그 격정을 통해 자신의 열정을 배출하기도 하고 따뜻한 사랑을 확인하기도 한다.

하지만 문철수 시인에게 "눈물은 결코 따뜻하지 않다." 시 자체의 논리로는 그것이 이미 화석이 되어 있기 때문이다. 화석이 되었다는 것은 언뜻 현실의 맥락을 상실했다는 의미로 읽힐 수 있으나 여기서는 그보다 눈물이 화석이 되어 우리 삶의 깊은 곳에 이미 침윤되어 있다는 것으로 이해될 수 있다. 고통을 표현하는 눈물까지도 딱딱하고 차가운 화석이 되었다는 것은 삶의 고통이 얼마나 극심하고 근원적으로 우리의 삶을 옭아매고 있는가를 아주 잘 말해준다. 그것을 이리 짧은 구절로 설득력 있게 표현한 문철수 시인의 언어 감각이 다만 놀라울 뿐이다.

2. 고통의 무게

위에서처럼 문철수 시인에게나 우리에게나 고통은 완고한 것이다. 우리 인간이 욕망을 벗어나지 못하고 그 욕망의 실현은 끊임없이 유보되는 상황에서 고통은 우리에게 근원적인 존재 조건이 된다. 그렇다면 그것을 피하거나 없앤다는 것은 불가능하다. 더러 가능하다고 생각하기도 하지만 대부분은 스스로를 속이는 거짓 위안이거나 현실을 망각한 일시적인 도취일 뿐이다. 문철수 시인은 정직하게 이 고통을 받아들이는 방식으로 그것을 극복하고자 한다.

주머니에 손을 찌르면
묵직한 쇠뭉치 하나 손에 걸린다

객지 벗 하나 둘 늘고
마음의 주름 서넛 더 늘면
눈 감고 손만 내밀어도
다듬어 질 줄 알았는데

어떤 하루는
손끝에 걸리는 손톱깎이로
손톱 밑 묵은 기억을 도려낸다
- 〈손톱깎이를 가지고 다니는 남자〉 전문

　　손톱깎이로 '묵은 기억을 도려낸다' 는 것은 삶의 고통을 감수하는
일이다. 세상일이 자연스럽게 아무 걸림 없이 넘어가기는 힘든 일이다.
세파에 찌들고 깎이면서 우리 모두는 마음의 수양을 한다. 아니 강요된
삶의 방식을 받아들이며 원만한 인간으로 변해간다. 그것을 사람들은
성숙이라고도 하고 또 사회화되었다고도 한다. 그렇게 되면 인생살이
가 편해질 거라는 생각들을 한다. 하지만 결코 그런 일은 일어나지 않는
다. 단지 그렇게 보일 뿐이고 그렇게 보이려고 노력할 뿐이다. 우리 모
두는 마음속에 자라나는 슬픔이나 울분 같은 몹쓸 기억들을 하나씩 하
나씩 키우고 있다. 그리고 그것을 잘라내야 하는 고통을 감수해야 하고
그것을 도려낼 '묵직한 쇠뭉치' 인 손톱깎이를 가지고 있어야 한다. 그
것이 바로 삶의 무게이다.
　　이 삶의 무게를 간직한 자는 결코 가벼울 수가 없다. 가벼워지기 위
해 일상의 삶을 버리기도 하지만 그것은 진정한 삶이 아니다. 다만 잠시
고통을 잊어버리려는 억지스러운 쾌락이고 거짓된 자유이다. 다음 시
가 이를 잘 말해준다.

오늘도 낯선 여관 수음을 하듯 하루를 닦으려 들어선 차가운 세상
에서 국수가락처럼 말려 떨어지는 아픔이 부식된 배수로를 막아 설
때쯤 거울 속으로 사라지는 이방인 하나 수용당하지 못하는 설움이
氣化되는 밤 포르노 테잎의 억지 오르가즘
- 〈여행〉 전문

여행은 일상으로부터의 탈출이다. 그러나 여행으로 인생을 모두 채우는 사람은 흔치 않다. 여행은 떠나는 것이지만 사실은 돌아오기 위해 떠나는 것이다. 그렇기 때문에 여행이라고 해서 고통과 슬픔으로부터 자유로울 수 없다. 그렇기에 시인은 여관방에서 마주친 삶의 현실을 '국수가락처럼 말려 떨어지는 아픔'이라고 표현했다. 여행을 통해 배울 수 있는 것은 일상의 삶에서 얻어진 고통의 흔적을 다시 아로새겨 보는 것이다. 때문에 여행을 통해 온전히 이방인으로 '수용당하지 못'한다. 고통의 일상이 여행까지 따라오기 때문이리라.

여행에서 느끼는 자유란 여관방에서 홀로 보는 포르노 테잎이거나 거기에서 흘러나오는 억지 오르가즘의 신음 소리이다. 여행으로 일상을 대체할 수 없듯이 그러한 억지 쾌락으로 삶의 고통을 대신할 수 없다. 시인이 확인할 수 있는 것은 벗어난 자가 겪을 수밖에 없는 이 칙칙한 쾌락의 허상일 뿐이다.

3. 찬란한 고통

고통을 받아들이는 자에게 고통은 아주 특별한 존재가 된다. 그것은 피하고 싶은 부정적인 대상이면서도 또 그 안에서만 자기를 발견할 수 있게 하는 자신의 거울이기도 하고 모든 인식을 새롭게 하는 정서적 충격이기도 하다. 여기에서 바로 고통은 미학적 아름다움을 획득한다.

문을 나서니
풀잎마다 가지마다
하얗더이다

말라붙은 시간의 등가죽

근심으로 탈색된 현실이
온통 하얗더이다

허공을 돌다
산허리 가로질러
낮은 언덕에 수의 입히는

안개는 봄으로 가는
문턱이었나 보더이다
- 〈서리꽃〉 전문

　　서리꽃은 상고대의 다른 말이다. 극심한 추위에 공기 중의 습기가 풀
잎이나 나뭇가지에 얼어붙는 현상을 말한다. 시인은 이 서리꽃을 보고
'근심으로 탈색된 현실'이라고 말하고 있다. 추위라는 고통이 현실을
하얗게 탈색시켜 아름다운 서리꽃을 만들어 낸 것이다. 고통이 아름다
움이 되는 순간을 시인은 이 서리꽃에서 확인하고 있다. 그리고 그 서리
꽃을 시인은 '봄으로 가는 문턱'으로 인식하고 있다. 고통을 고통으로
받아들일 때 고통은 찬란한 아름다움으로 화하고 그 아름다움이 진정
한 희망을 잉태한다는 깨달음을 시인은 우리에게 간절히 전하고 있다.
　　다음 시에서는 이러한 시적 인식의 발견이 훨씬 구체적으로 드러나
있다.

한해의 풍상 견디고
노동의 품팔이로 갈라진
가슴 껍질 벗은 것
본 적 있느냐

고통의 흔적 모두 감싸 안고
치마 흘러 내리 듯 껍질을 벗는
배롱나무를 본 적 있는가 너는
세상을 수긍하며 살아 온 그리하여
결국엔 윤기 나는 몸을
가질 수밖에 없는
배롱나무를 너는, 본 적 있느냐

하긴 네가 보았을 때는
너의 눈길을 이해하는
완숙한 자태
- 〈배롱나무〉 전문

    시인은 가상의 청자에게 배롱나무의 진실을 말해주고 있다. 배롱나무가 껍질을 벗는 것은 고통의 흔적을 감싸 안기 위해서라는 것이다. 그런 고투의 과정이 배롱나무의 윤기 나는 몸을 가능하게 했다는 것이다. 하지만 사람들은 그 배롱나무의 고통을 이해하지 못하고 배롱나무가 보여준 완숙한 자태만을 대할 뿐이다. 완성된 인격도 마찬가지이다. 고통을 피하거나 없애는 것이 아니라 안으로 차곡차곡 간직하면서 스스로를 고통을 감내할 만한 매끄럽고 아름다운 존재로 단련할 때 비로소 고매한 인격이 된다.

    시인이 시를 쓰는 것도 마찬가지이다. 문철수 시인에게 시를 쓴다는 것은 고통을 감내하여 아름다움을 만드는 것이고 그 아름다움으로 사람과 사람 사이를 소통하여 고통으로 닫힌 굳은 마음을 녹이는 행위이다.

    다음 시는 짧은 아포리즘이지만 이런 문철수 시인의 시세계를 가장 잘 대변해 주고 있다.

굳은 과녁에 꽂힌 화살의 깃이
수정하는 연어의 꼬리지느러미처럼
파르르 떠는 이유는
굳은 가슴을 열기 위한
벗은 나의 오르가즘과 다르지 않다
부드러운 과녁에 꽂힌 화살은 떨지 않는다
  - 〈화살 1〉 전문

　시는 다른 사람의 고통 속에 박히는 화살과 같은 존재이다. 파르르 떠는 행위는 그 고통을 몸소 자기 것으로 받아들이며 공명하는 행위이다. 그것을 통해 타인의 고통을 이해하고 결국 타인과의 소통을 이루어낸다. 거기에서 시인은 지극한 아름다움과 최상의 즐거움을 느낀다. '벗은 나의 오르가즘' 이 바로 그런 것일 게다. 그리고 당연히 그것은 시 쓰는 즐거움이기도 하다. 여기에서 문철수 시인이 수행하는 정신의 변증법적 상승을 볼 수 있다. 삶의 아픔을 아름다움과 즐거움으로 승화시킬 수 있는 정신적 맷집, 그것이 바로 문철수 시인의 시의 본질이다. 세상을 유쾌하게 만드는 문철수 시인의 삶 역시 이와 다르지 않다고 믿는다.
　아름다운 오르가즘으로 파르르 떨며 살아난 그의 시와 삶이 세상의 고통들을 부드럽게 어루만져주는 실천을 언제까지나 계속해주기를 바랄 뿐이다.

부드러운 과녁에 꽂힌 화살은 떨지 않는다
문철수시집

2009년 9월 15일 1판 1쇄 인쇄
2009년 9월 21일 1판 1쇄 발행

지은이 | 문철수
펴낸이 | 임은주 · 박윤희
펴낸곳 | 도서출판 청동거울
기획·인쇄 | 아름다운디자인
등　록 | 1998년 5월 14일 제13-532호
주　소 | (137-070) 서울 서초구 서초동 1359-4 동영빌딩
전　화 | 02)584-9886~7　팩스 | 02)584-9882
이메일 | cheong1998@hanmail.net

값7,000원

잘못된 책은 바꾸어 드립니다.
지은이와의 협의에 의해 인지를 붙이지 않습니다.
이 책의 내용을 재사용하려면 반드시 저작권자와
도서출판 청동거울의 허락을 받아야 합니다.
ⓒ 2009 문철수

Copyright ⓒ 2009 Moon, Cheol Soo.
All right reserved.
First published in Korea in 2009
by CHEONGDONGKEOWOOL Publishing Co.
Printed in Korea.

ISBN : 978-89-5749-123-2